Il va venir

Souris noire

Collection dirigée par Natalie Beunat

Couverture illustrée par Jérôme Meyer-Bisch

ISBN : 978-2-74-851122-2

Marcus Malte

Il va venir

SYROS

« D'une manière ou d'une autre, le drame tirait à sa fin. Quelque part dans l'étendue neigeuse, derrière un écran de buissons maigres ou de sapins indifférents, ses protagonistes, Une-Oreille, Bill, la louve et la meute, n'allaient plus tarder à se rencontrer. L'affaire se résolut très vite, plus vite encore que Henry l'avait imaginé. Il entendit d'abord une détonation, puis deux autres, tirées coup sur coup, et sut que Bill avait épuisé ses munitions. Il y eut ensuite un concert de hurlements et de grondements, dans lequel il reconnut le cri d'un loup blessé, les gémissements d'agonie d'Une-Oreille, puis le silence – un silence de mort – retomba sur la plaine gelée. Tout était fini. »

Jack London, *Croc-Blanc*

1

C'était la semaine dernière. En me levant, j'ai regardé la température sur le thermomètre accroché au volet. Elle était un peu remontée. Il faisait moins onze. Il était six heures vingt. La veille, à la même heure, il faisait moins quinze. On sent pas vraiment la différence mais doit bien y en avoir une. Quatre degrés, c'est pas rien.

Dehors, c'était encore tout noir. J'ai pas vu une seule étoile, ni la lune. Je me suis dit qu'il devait y avoir des nuages. On voyait même pas le blanc de la neige. Je me suis recouché un moment sous les couvertures. Pas pour dormir. Pour être au chaud. Pour écouter. Tout craque dans cette baraque. Y a toujours des bruits. Au début, ça m'foutait la trouille, mais maintenant je me suis habitué. J'aime bien.

La vieille était pas encore levée. Elle se lève jamais avant moi. C'est comme ça. Je sais pas pourquoi, mais je peux pas dormir tard. Des fois je voudrais bien faire la grasse matinée, mais j'y arrive pas. À six heures je suis réveillé. Six heures et quart maxi. À tous les coups c'est pareil. Alors j'ouvre les volets puis je me remets au lit quelques minutes et j'écoute les bruits.

C'est une grande baraque. La moitié suffirait largement pour nous deux. J'ai ma chambre, la vieille a sa chambre, et y en a encore trois autres qui servent à rien. Elles sont vides. Tous ceux qu'habitaient là sont morts depuis longtemps. Je les ai jamais connus. Un jour, j'ai dit à la vieille qu'on pourrait gagner un peu d'argent en faisant des chambres d'hôtes. J'en connais certains au village qui le font. Paraît que ça marche pas mal. La vieille m'a regardé comme si j'étais un martien. C'est bon, pas la peine d'insister. Les chambres vont rester vides jusqu'à ce qu'elle meure. Je serai peut-être plus là pour le voir. Ou peut-être que si.

Je me suis habillé et je suis descendu à la cuisine. J'essaie de pas faire trop de bruit dans l'escalier pour pas la réveiller. Je préfère être tout seul, tranquille, le temps de préparer le petit déj'. J'ai commencé par faire la vaisselle. Puis j'ai essuyé la table et je suis allé déposer les miettes sur le muret, dans la cour. Pour les oiseaux. Quand il reste des bouts de gras ou des os, je fais pareil, pour les loups. J'ai entendu dire qu'y en avait des tas, avant, par ici, et qu'ils ont tous disparu. Mais on sait jamais, y en a peut-être encore un ou deux qui se cachent dans la forêt ou je sais pas où. Ça me plairait beaucoup de voir un loup en vrai. En tout cas, quand je laisse une gamelle avec des bouts de viande, le lendemain y a plus rien ; ça disparaît. C'est pas bizarre, ça ?

Si j'avais un loup à moi, je l'appellerais « Black ».

La neige était plus tombée depuis trois jours, mais il faisait trop froid pour qu'elle fonde. Y en avait une couche d'au moins vingt centimètres dans la cour. Tellement dure qu'on s'enfonçait même pas. « Faudra que je déblaie tout ça », j'ai pensé. En fait, je voyais pas trop l'intérêt. Qui ça gêne ? La vieille met presque jamais le nez dehors de tout l'hiver. Surtout que, vu le ciel, ça risquait de retomber. C'est du temps perdu.

Avant de rentrer, j'ai pris quelques bûches dans la remise, pour la cheminée.

J'ai allumé le feu. Je me suis fait chauffer du lait. J'ai mis le pain au four. J'ai mangé mes tartines pendant que le jour se levait. C'était bien ce que je pensais : le ciel était tout gris. Presque blanc. Avec un petit vent qui faisait bouger les branches. Je me suis dit qu'on était mieux dedans. Je suis quand même ressorti, à un moment, parce qu'il y avait deux corbeaux qui s'étaient posés sur le mur. Ils voulaient bouffer les miettes. Je les ai chassés. J'ai horreur de ces bestioles.

La vieille est descendue vers les huit heures. J'ai entendu le bruit de ses pantoufles. J'étais en train de faire griller des marrons dans la cheminée. Je me suis pas retourné. Pas besoin. Je savais exactement ce qu'elle allait faire et ce qu'elle allait dire. Toujours la même chose. Elle a traversé la cuisine, direct jusqu'à la fenêtre. Elle est restée un bon moment le nez collé aux carreaux. Et puis elle a dit son truc, comme d'habitude :

– Il va venir, elle a dit. Il va venir...

Dans ces cas-là, je fais comme si j'entendais pas. J'essaie plus de lui expliquer parce que ça sert à rien, de toute façon. C'est juste bon à la mettre en colère ou à lui faire du chagrin. Les premières fois, quand elle a commencé, ça me faisait tout drôle. Je comprenais pas. Ça lui a pris un matin en se levant, y a au moins un an de ça. Il a dû se passer un truc dans sa tête pendant qu'elle dormait, je sais pas quoi, peut-être un rêve qu'elle a fait et elle a cru que c'était vrai, que c'était la réalité. Le problème c'est que, depuis, elle y croit toujours. Tous les matins, elle recommence. De temps en temps, aussi, pendant la journée, elle se lève de son fauteuil et va voir à la fenêtre. Elle regarde vers le chemin. Elle dit plus rien. Elle attend.

Bon. À force, j'ai fini par laisser tomber.

Les marrons étaient prêts. Je les ai retirés du feu et posés au milieu de la table. Y en avait une bonne platée. On a tout mangé à nous deux. Je sais pas comment elle fait, la vieille, elle les prend dans ses doigts quand ils sont encore brûlants. Elle les décortique. On dirait qu'elle sent rien. Pour moi c'est trop chaud, faut que je souffle. Peut-être que sa peau est devenue dure comme de l'écorce. Elle adore ça, les marrons.

Au bout d'un moment, elle a eu l'air de réaliser. Elle a dit :

– Quel jour on est ? T'es pas à l'école, toi ?

Comme quoi, elle perd pas totalement la boule. Parfois, elle se rend compte, mais ça dure pas. Je lui ai répondu qu'on était vendredi mais que les profs étaient malades. Elle a hoché la tête, elle a juste fait « Ah !... » puis elle s'est plus occupée. Ça l'étonnait pas que les profs soient tous malades le même jour. J'aurais pu aussi lui dire qu'on était dimanche. Elle sait pas et elle va pas aller vérifier.

C'est rare que je sèche les cours. Pour aller au collège, il faut que je prenne le car au village, devant l'église. Y en a qu'un et il passe à sept heures quinze. Si je le rate, c'est foutu. Ou alors il faut que je fasse du stop. D'ici au village je dois déjà me taper un kilomètre six à pied. Trois mille quatre cent quatre-vingt-quatre pas. J'ai compté, une fois, pour voir.

Si je lui disais qu'on est en vacances d'été, je me demande si elle réagirait.

J'en ai parlé à personne, de tout ça. De la vieille qu'a plus toute sa tête. J'suis pas bête, je sais très bien ce qui se passerait si les gens l'apprenaient. On voudrait plus me laisser ici avec elle. On viendrait me chercher pour me placer ailleurs, dans une autre famille ou dans un foyer. Merci, mais j'ai pas du tout envie. Je suis bien, ici. La vieille, je l'aime bien. Elle a toujours été gentille avec moi et je trouve qu'on s'entend à merveille tous les deux.

Et puis, où est-ce qu'on la mettrait, elle, si j'étais plus là ? Dans un asile ?

Heureusement, elle s'éloigne pas de la maison et personne monte jamais jusqu'ici pour nous voir. Pas de visites. Tant mieux, comme ça on est tranquilles.

Je me suis dit que j'irais peut-être faire un tour à la source, l'après-midi, si y se remettait pas à neiger. En attendant, j'ai passé le reste de la matinée à dessiner dans ma chambre. J'adore dessiner, depuis toujours. C'est pas pour me vanter, mais je suis plutôt doué. Maintenant j'invente carrément des histoires entières, de plusieurs pages, des sortes de BD avec des personnages, des dialogues et tout ce qu'y faut. Mon héros s'appelle « Cobb ». Je trouve que ça sonne bien. Il a des pouvoirs. C'est le Maître des Loups. Suffit qu'il siffle dans ses doigts et y a des dizaines de loups qu'arrivent de partout pour l'aider. Il sait parler leur langage parce que c'est des loups qui l'ont trouvé et élevé. Il a été abandonné dans la forêt quand il était tout petit. Il connaît pas ses vrais parents. Mais c'est pas plus mal, finalement. Sa vraie famille, c'est les loups. Un peu comme la vieille et moi, en fait.

Dans l'histoire que j'étais en train d'inventer, Cobb se battait contre un type, un méchant qu'on appelait le « Chasseur Solitaire ». Celui-là, il avait deux fusils à pompe et un corbeau noir perché sur l'épaule. Je savais pas encore trop ce qui allait se passer, parce que j'en étais qu'au début. Je savais juste que c'était Cobb qui allait gagner, ça c'était obligé.

2

L'après-midi, c'était encore remonté. Il faisait moins six. Je me suis dit que c'était le moment ou jamais si je voulais prendre un peu l'air. La vieille était en bas, assise dans son fauteuil, devant la télé. Mais la télé était éteinte. Elle oublie de l'allumer.

Ou bien c'est qu'elle a pas envie. Avant, elle avait toujours quelque chose à faire dans la maison, elle tenait pas en place. C'était elle qui s'occupait des courses et de la bouffe et tout ça. Mais depuis qu'elle a commencé à débloquer, c'est fini. Elle peut rester des heures assise à rien faire. Sans bouger, sans parler. Je sais pas à quoi elle pense.

Avant de partir, j'ai rajouté des bûches dans la cheminée pour pas que le feu s'éteigne. Puis j'ai pris ma canne et tout le matériel, et je suis sorti, direction la source. En passant derrière la maison, j'ai vu que la petite croix sur la tombe de Nourka était toute de traviole. À cause de la neige, sûrement. Je l'ai remise droite. Nourka, c'était notre chienne. Elle est morte l'année dernière. Elle était à peine plus vieille que moi, elle avait quatorze ans. C'est moi qui l'ai enterrée ici.

La source est pas trop loin de la baraque, mais faut connaître, sinon elle est à peu près impossible à repérer. Surtout l'hiver. C'est une espèce de petite mare qui doit faire trois ou quatre mètres de diamètre. Elle est coincée entre deux gros blocs de rochers. On dirait pas comme ça, mais paraît qu'elle est très profonde ; elle s'enfonce sous la terre et l'eau continue à couler là-dessous sur des centaines ou des milliers de kilomètres. C'est Léon, le chauffeur du car, qui m'a expliqué ça. Lui, il connaît, il venait jouer par là quand il avait mon âge. Ça l'a fait rigoler quand je lui ai dit que j'y allais pour pêcher. D'après lui, y avait rien du tout à attraper. Zéro poisson. Mais moi je crois que si. J'en suis même sûr. Plusieurs fois j'ai aperçu une ombre qui bougeait sous la surface. Et une grosse. Je pense que c'est une carpe ou quelque chose dans ce genre. Je sais pas comment elle est arrivée là, mais elle y est. Et je finirai bien par l'avoir.

« En tout cas, fais gaffe, il m'a dit, Léon. Si tu tombes là-dedans en plein hiver, t'es foutu. Y a que les pingouins qui peuvent résister ! »

Je sais. C'est déjà arrivé, d'après ce que m'avait raconté la vieille. Y a longtemps. Une fois un braconnier et une autre fois la propre fille du maire. On les avait ressortis de l'eau complètement congelés, transformés en glaçons. La fille du maire, paraît qu'elle l'avait fait exprès.

Quand j'étais plus petit, ça lui plaisait pas, à la vieille, que j'aille traîner du côté de la source. Elle s'inquiétait. Maintenant, bien sûr, elle dit plus rien. Mais je fais quand même vachement attention, je suis pas fou.

Le mieux, pour pêcher, c'est de s'installer sur le gros rocher. C'est assez plat et on est juste au-dessus de la source. Même de là, faut le savoir qu'il y a l'eau en bas. La surface est gelée, on la voit à peine. Ce que j'ai fait, c'est que j'ai balancé une ou deux grosses caillasses pour faire un trou dans la glace. Exactement comme les esquimaux au pôle Nord. Après ça, j'ai laissé filer ma ligne au milieu du trou et puis j'ai attendu que ça morde.

Ici, c'est pareil que dans la maison : on croit que c'est le silence, mais non. Y a toujours des bruits, ça craque de partout. Suffit de bien ouvrir les oreilles. Parfois, c'est le vent qui siffle ; parfois, c'est les branches qui cassent avec le poids de la neige ; parfois, c'est les corbeaux. Parfois, aussi, j'entends comme une respiration. Énorme. On a l'impression que c'est la forêt tout entière qui respire. Ou alors une sorte de géant invisible.

Au bout d'une heure environ, j'ai calé ma canne avec une pierre et je suis descendu du rocher. J'ai marché un peu tout autour, pour me dégourdir les jambes, pour me réchauffer. Ça mordait pas. Les nuages étaient de plus en plus sombres et de plus en plus bas. Je me suis dit que j'avais encore une petite heure devant moi. Je me suis amusé à lancer des cônes en haut des arbres, pour voir dégringoler la neige. Et puis je suis retourné sur le rocher.

En fait, j'y suis même pas resté une demi-heure. Il a recommencé à neiger. D'abord quelques flocons, doucement, et puis d'un seul coup ça s'est mis à souffler et à tomber vraiment fort. J'ai tout remballé vite fait. Vaut mieux pas traîner dans ces cas-là.

Juste avant de partir, il m'a semblé entendre le bruit d'un moteur. Ça venait de la route du col. Ça m'a étonné parce que le col est fermé, normalement, en cette saison. Les voitures peuvent pas passer. Le bruit a duré peut-être trente secondes, puis il s'est arrêté. J'ai pas fait plus attention.

Je me suis grouillé de rentrer. Heureusement que je connais le chemin par cœur. On n'y voyait presque plus rien, à cause de la tempête. Je m'en suis pris plein la figure. Quand je suis arrivé, on aurait dit un bonhomme de neige. Je me suis secoué devant la porte. Il faisait déjà quasiment noir. La nuit vient vite en hiver.

J'avais oublié de laisser la lumière dans la maison, avant de partir. C'était tout noir à part le feu dans la cheminée. Les flammes dansaient sur le mur. Les ombres aussi. C'était plutôt joli. La vieille avait pas bougé du fauteuil. Quand j'ai éclairé la lumière, elle a cligné des yeux. Elle m'a regardé et elle a dit :

– C'est toi ?

– Oui, mamie, c'est moi.

– Ah !...

Un peu plus tard, j'ai préparé des crêpes. C'est ma spécialité. On les a mangées tous les deux. Des crêpes au sucre et à la confiture. Il devait être vers les six heures du soir. C'est à ce moment-là que c'est arrivé.

On était toujours dans la cuisine. J'étais en train de débarrasser et la vieille était encore assise à table. Tout à coup, il y a eu un grand bruit contre la porte d'entrée. Comme quelqu'un qui se cogne. Ça m'a fait sursauter. Pendant quelques secondes, plus rien, et puis encore deux autres coups. Assez forts. Je me suis tourné vers la vieille. Elle avait les yeux tout écarquillés et elle fixait la porte.

– C'est lui ! elle a dit.

Je sais pas pourquoi, mais ça m'a fait frissonner. J'osais plus bouger. La vieille a commencé à se lever de sa chaise.

– Attends ! j'ai dit. On sait pas ce que c'est. C'est peut-être juste le vent.

– C'est lui ! elle a répété. Je te l'avais dit qu'il allait venir ! Je le savais ! Je le savais !...

Elle était debout et j'ai vu que ses mains et ses lèvres tremblaient. Cette fois, elle avait l'air complètement partie dans son délire. Je voulais pas qu'elle aille ouvrir dans cet état. Je me suis dit que si quelqu'un la voyait comme ça, c'était fichu. Je gambergeais à toute vitesse et pendant ce temps il y a eu encore un coup contre la porte, un peu plus faible, et puis une espèce de raclement. Alors je me suis avancé et j'ai dit :

– Qui c'est ? Qui est là ?

Personne n'a répondu.

– Ouvre ! a fait la vieille, dans mon dos. Ouvre ! Fais-le donc entrer !

Bon. Qu'est-ce que je pouvais faire d'autre ? Je me doutais bien que c'était pas le vent qui faisait ça, mais j'espérais quand même. J'ai respiré un grand coup et puis j'ai ouvert.

J'avoue que j'ai eu la trouille de ma vie. J'ai cru que le type se jetait sur moi. En fait, il devait être appuyé contre la porte et, quand j'ai ouvert, il s'est carrément écroulé. Comme un arbre. J'ai essayé de reculer, mais pas assez vite. Il est tombé sur mes jambes et j'ai dégringolé avec lui. La vieille a poussé un petit cri. On était tous les deux par terre, le type et moi. Il bougeait pas. J'ai retiré mes jambes et je me suis dégagé en rampant en arrière. Puis je me suis relevé. J'ai vu que le type bougeait toujours pas et ça m'a un peu rassuré. Il était tout couvert de neige, il en avait plein les cheveux et le dos. Il portait des vêtements et des chaussures de ville. Je voyais pas très bien son visage.

La vieille s'est précipitée vers lui en trottinant.

– Bernard ! Bernard ! elle criait. Mon Dieu, mon petit, mais qu'est-ce qu'ils t'ont fait ?

Pendant deux ou trois secondes, j'ai failli y croire, à l'histoire du Bernard. La vieille avait l'air tellement sûre. Je me suis dit que c'était moi qui débloquais. La porte était restée ouverte et des petites bourrasques de vent et de neige entraient dans la maison. J'ai enjambé le type pour aller refermer. En poussant la porte, je me suis aperçu qu'il y avait quelque chose qui coinçait. C'était un sac. Une espèce de gros sac de sport. Je l'ai tiré à l'intérieur et j'ai refermé. La vieille était penchée sur le type. Elle secouait la neige qu'il avait sur le dos et les épaules. Elle arrêtait pas de répéter « Bernard, mon petit, mon petit... » Le gars avait les cheveux trempés qui lui collaient au front. Elle les a dégagés, doucement, comme si elle lui caressait la figure. Et puis soudain, elle s'est arrêtée. Je l'ai plus entendue. Lentement, elle a levé sa main en l'air et elle est restée un moment comme ça à la fixer, sans rien dire, la bouche à moitié ouverte.

C'est là que j'ai vu que ses doigts étaient couverts de sang.

3

– Le docteur ! elle a crié. Appelle le docteur, vite !

J'ai pas bougé d'un centimètre. Je pouvais pas. Je regardais sa main toute rouge et j'étais paralysé.

– Roure ! a continué la vieille. Docteur Roure. Cherche dans le calepin, c'est marqué. Appelle-le. Dis-lui que c'est pour Bernard. Dis-lui qu'il s'est fait mal et qu'il saigne. Le docteur Roure, tu entends ? Il viendra. Il nous connaît bien. Dis-lui de se dépêcher !

Je la reconnaissais plus, la vieille. Tout d'un coup, on aurait dit qu'elle s'était transformée en quelqu'un d'autre. Je reconnaissais plus sa figure, ni sa voix. Ça faisait des années que je l'avais pas entendu dire autant de mots à la fois.

J'ai ouvert la bouche, moi aussi, mais tout ce que j'ai eu le temps de dire, c'est:

– Mais, mamie...

Elle m'a pas laissé finir:

– Qu'est-ce que tu fiches? elle a crié. Tu vois pas qu'il est blessé? Va téléphoner et dépêche-toi, toi aussi!

Elle avait un regard furieux, presque méchant. C'était la première fois qu'elle me parlait sur ce ton et ça m'a fait une drôle d'impression. Du coup, j'ai plus rien dit. Je suis allé vers l'autre pièce où il y a le téléphone. En me retournant, j'ai vu que la vieille s'était carrément assise par terre. Elle avait posé la tête du type sur ses cuisses et elle le caressait et elle le berçait et elle lui chuchotait: «Bernard, mon petit, ne t'inquiète pas, on va te soigner... Ça va aller, mon petit... Tu es à la maison... C'est fini, maintenant... C'est fini...» Plein de trucs comme ça en le berçant et en lui caressant les cheveux. Je me suis dit qu'elle allait se mettre du sang partout, mais ç'avait pas l'air de la gêner. Je suis sorti de la cuisine.

C'était pas la peine de regarder dans le calepin. Le docteur Roure habitait plus au village depuis longtemps. Je le savais parce que sa petite-fille Agnès était dans ma classe en CM1. Toute la famille était partie à la fin de cette année-là. C'était ça que je voulais lui dire, à la vieille, mais elle m'avait pas écouté. Le nouveau docteur, je le connaissais pas. Je suis jamais malade et la vieille non plus.

Je savais pas quoi faire. J'ai décroché le téléphone, je suis resté un moment comme ça et puis j'ai raccroché. J'aurais pu appeler le médecin de garde ou les pompiers. Mais c'était toujours le même problème : si quelqu'un se ramenait ici et découvrait que la vieille était à moitié folle, c'était fini pour nous. Je trouve que c'est pas juste. On n'embête personne, on fait de mal à personne. Mais c'était sûr que les gens voudraient rien savoir. Alors j'essayais de réfléchir à une autre solution. C'était pas facile. J'ai beaucoup hésité. Plusieurs fois j'ai refait le coup de décrocher et de raccrocher. J'y arrivais pas, c'était plus fort que moi. Ça a duré un petit moment. Et puis je me suis dit que, si ça se trouvait, le type était déjà mort. Alors ce serait encore plus bête parce que ça servirait à rien que je téléphone, à part nous causer des ennuis à nous. J'avais pas tellement le choix, en fin de compte.

Je suis retourné dans la cuisine. La vieille était toujours à la même place avec le gars.

– Alors? elle a fait. Il arrive?

– Ça marche pas, j'ai dit.

– Quoi?

– Le téléphone, il marche pas. J'ai essayé plusieurs fois, mais on dirait qu'il y a pas de tonalité. Ça doit être à cause de la tempête, une ligne qu'a dû casser ou je sais pas quoi.

La vieille me regardait comme si elle comprenait pas. Les yeux et la bouche arrondis. J'aime pas lui mentir. À ce moment-là, j'ai bien failli retourner dans la salle à manger et appeler pour de bon.

– Je réessayerai tout à l'heure, j'ai dit. Ce sera sûrement réparé.

Pendant quelques secondes, elle a eu l'air complètement paniquée. Puis elle a commencé à se relever, en faisant bien attention de reposer tout doucement la tête de l'autre sur le parquet.

– Viens par là ! Vite. Tu vas m'aider.

Elle s'était remise debout sans problème. J'en revenais pas de la voir bouger si facilement. On aurait dit qu'elle avait vingt ou trente ans de moins.

– Qu'est-ce que tu veux faire ? j'ai demandé en m'approchant.

– On va l'installer là-bas, sur le canapé... Tiens, aide-moi à le retourner.

Son idée me disait rien du tout, mais je sentais bien que c'était pas la peine de discuter. Je me suis accroupi près du type.

– On s'en passera, du docteur, a dit la vieille. T'en fais pas, mon petit. Je suis là. Je suis là...

C'était à lui qu'elle parlait. Elle avait des traces rouges sur le devant de son gilet et sur le bas de sa joue. De voir tout ce sang, ça commençait à me donner mal au cœur. J'ai serré les dents et j'ai pris le type par en dessous pour le mettre sur le dos.

– Attention, disait la vieille. Fais doucement, qu'il se cogne pas...

Il était trop lourd pour qu'on le porte, on a été obligés de le traîner jusque dans la salle à manger. Pendant tout le trajet, la vieille a continué à lui dire des mots gentils – « mon petit, mon petit... » – et moi elle arrêtait pas de m'engueuler parce que soi-disant je faisais pas assez attention. J'avais l'impression que ce type pesait une tonne. Pour l'allonger sur le canapé, ç'a été toute une histoire. On a mis au moins cinq minutes. Après ça, j'étais complètement crevé et en nage. Je me suis assis pour souffler un peu. La vieille, elle, elle a même pas pris une seconde. Je l'ai vue filer dans la salle de bains. Elle est revenue au bout d'un moment avec une bassine et un gant et un tas d'autres produits coincés sous les bras.

– Va chercher une couverture ! Et monte le poêle. Il est glacé. Il faut qu'il se réchauffe.

Elle a tiré une chaise près du canapé et elle s'est mise à nettoyer le visage du gars. Là où il était le plus amoché, c'était sur le côté du crâne. Une vilaine blessure. Ses cheveux étaient gluants de sang. La vieille passait le gant dessus, en douceur. Elle rinçait, elle recommençait. Je la regardais faire. Dans la bassine, l'eau devenait toute rose. De temps en temps, elle allait la vider dans le lavabo de la salle de bains. Elle revenait avec de l'eau propre et chaude. Elle recommençait. Ça a duré un bon moment.

Le type était pas mort. Il respirait. Je voyais son ventre se soulever. Il a même grogné un peu quand la vieille lui a passé de l'alcool à 90 degrés sur sa blessure, pour la désinfecter. J'ai cru qu'il allait se réveiller, mais non. D'un côté j'étais content pour lui qu'il soit pas mort, mais d'un autre côté ça m'inquiétait. Je commençais à me demander vraiment comment ça allait finir, tout ça. Si jamais il rouvrait les yeux et qu'il nous trouvait là, tous les deux, qu'est-ce qu'il allait penser? Qu'est-ce qu'il allait faire? Surtout avec la vieille qu'arrêtait pas avec ses «mon petit... mon petit...» À un moment donné, j'ai bien essayé de lui faire comprendre. Je me suis rapproché d'elle et j'ai pris une voix toute douce, pour pas qu'elle s'énerve. J'ai dit:

– Tu sais, mamie, je crois pas que ce soit Bernard... Regarde, il est trop jeune. Bernard aurait au moins cinquante ans. Et lui, il a l'air d'en avoir vingt-cinq ou trente, pas plus. Tu vois?

Elle s'est pas énervée. Elle s'est tournée vers moi. Elle a eu un grand sourire.

– Je le savais, elle a dit. Je l'ai toujours dit, qu'il allait revenir. Il me l'a écrit dans sa lettre. Et c'est pas un menteur, mon Bernard. Tout ce qu'on voudra, mais c'est pas un menteur, ça non.

Et voilà ! Pas moyen de lui faire rentrer ça dans la tête. J'aurais parlé à une bûche, c'était pareil.

Elle continuait à s'occuper du gars. Elle avait presque l'air contente, maintenant. Elle lui a enroulé une grande bande autour du crâne, on aurait dit un blessé de guerre. Et moi, pendant ce temps, je faisais les cent pas dans la pièce en me creusant la cervelle. Elle se rendait même pas compte que c'était aussi pour elle que je cherchais une solution. Si on l'envoyait à l'asile, ce serait sûrement pas son Bernard qu'irait la voir !

Plus ça allait et plus je me posais des questions. D'abord, c'était qui, ce type ? Il était pas du coin, ça c'était sûr. J'avais jamais vu sa figure. Et qu'est-ce qui lui était arrivé ? Et comment il avait atterri ici, chez nous ? Est-ce qu'il connaissait la vieille ?

Pas de réponse. Je jetais des coups d'œil au gars, mais il était toujours dans les vapes. Et puis, tout à coup, j'ai aperçu un truc bizarre. La vieille était en train de lui laver le cou. Un peu de sang avait coulé jusque-là. Elle lui avait déboutonné le haut de sa chemise et elle tenait le col écarté pour passer le gant. C'est là que j'ai vu une espèce de tache noire sur la peau du type. Ça m'a intrigué. J'ai rien dit. J'ai attendu que la vieille aille vider encore une fois sa bassine, puis je me suis penché sur lui et j'ai tiré la chemise pour lui dégager l'épaule. La tache que j'avais vu dépasser, c'était le bout d'une aile d'oiseau. Un tatouage sur la peau.

C'était très bien fait. L'oiseau était noir, avec des petits yeux jaunes, mauvais. Il ressemblait à un corbeau. Il avait les ailes déployées et il couvrait toute l'épaule droite du type.

Je suis resté peut-être une dizaine de secondes comme ça, à l'examiner. Je savais pas encore pourquoi, mais ça me rappelait quelque chose. Un corbeau sur l'épaule... Un corbeau sur l'épaule... Et puis, d'un seul coup, j'ai compris. Ça m'a fait comme une sorte de flash dans la tête. «C'est lui ! j'ai pensé. C'est lui !...»

Le Chasseur Solitaire !

– Qu'est-ce que tu fabriques? a dit la vieille.

Je l'avais pas entendue revenir. De surprise, j'ai fait un bond et lâché la chemise. Mais j'ai pas eu le temps de lui répondre, parce que, pile à cet instant, le type s'est réveillé en hurlant.

4

C'était un cri de dément.

– Nooooon!

J'en ai eu la chair de poule. En même temps qu'il poussait son hurlement, le gars s'est redressé et il a balancé ses bras en avant comme pour se protéger. Puis ça s'est arrêté net. Il est resté là, à moitié relevé, avec une bouche de poisson.

Il était tout essoufflé et des gouttes de sueur lui coulaient sur le front. Il m'a regardé, puis il a regardé la vieille, les yeux écarquillés. Il faisait semblant de rien comprendre à ce qui lui arrivait. «Cause toujours!» j'ai pensé. Avec moi, ça marcherait pas. Je me laisserais pas prendre à son piège.

Bien sûr, la vieille s'est précipitée vers lui.

– Bernard! Bernard! c'est rien. Je suis là, mon petit. Je suis là...

Elle a voulu le prendre dans ses bras, mais le type a eu un coup de panique, il l'a repoussée et s'est mis debout d'un bond. Il a fait un pas en avant. Un seul. Après ça, il a fermé les yeux et il s'est pris la tête entre les mains. Il a tangué un petit moment sur place, et puis boum, il s'est écroulé encore une fois en arrière, sur le canapé.

– Oh, mon Dieu! a fait la vieille. Reste tranquille. Tu ne dois pas te lever. Tu es encore trop faible.

Elle s'est tournée vers moi.

– Aide-moi, toi! Ramasse la couverture! On va l'installer comme il faut.

Le type était pas retombé dans les pommes. Il avait les yeux fermés mais il grimaçait, il gémissait en se tenant le crâne. On l'a allongé à nouveau sur le canapé. La vieille l'a bien bordé avec la couverture. Elle s'est rassise sur la chaise à côté et lui a redonné un coup de gant sur la figure.

– Mon pauvre petit... elle faisait. Mon pauvre petit...

Moi, je disais rien. J'attendais de voir.

Au bout d'un moment, le gars s'est mis à cligner des paupières. Puis il a fini par les relever.

– Où est-ce que je suis? il a demandé.

La vieille a souri.

– Tout va bien. Tu es à la maison. On va prendre soin de toi, tu vas voir.

Le type avait que les yeux qui bougeaient, très vite, comme ceux d'un espion. Un coup sur la vieille, un coup sur moi. Il se méfiait.

– Quelle heure il est? Ça fait longtemps que je suis là?

En même temps qu'il disait ça, il s'est rappelé qu'il avait une montre au poignet. Il y a jeté un coup d'œil et a fait une nouvelle grimace.

– Tu es rentré tout à l'heure, a dit la vieille. Tu en as mis du temps! Mais je savais que tu reviendrais. Je t'attendais. Dans ta lettre, tu ne disais pas quel jour... Mais tu es rentré, c'est ça le principal. Oh! mon petit, je suis si contente!

Elle a tendu la main pour lui caresser la joue. L'autre a eu un mouvement de recul. Il nous regardait toujours d'un drôle d'air.

– Vous... vous avez prévenu quelqu'un? Vous avez appelé la police?

– La police? Pourquoi la police? a dit la vieille. Non. Nous avons essayé de joindre le docteur Roure, mais la ligne est coupée pour l'instant. À cause de la tempête. Le docteur viendra plus tard, ne t'en fais pas. C'est moi qui t'ai soigné... Comment te sens-tu, maintenant? Ça va mieux?

Le type a tâté son crâne du bout des doigts.

– Ça va, il a soufflé.

– Tant mieux, a dit la vieille. Tant mieux... Mon pauvre petit... Mais qu'est-ce qu'ils t'ont fait pour te mettre dans un état pareil? Ils t'ont frappé? Dis-moi. Ils t'ont battu?

J'ai vu que le type hésitait.

– C'était... c'était un accident, il a dit.

– Un accident?

– Y avait de la neige partout, on n'y voyait plus rien. Les roues ont dû glisser sur du verglas. J'ai senti que je perdais le contrôle. La voiture est tombée dans un ravin... J'ai eu de la chance. J'ai réussi à en sortir et j'ai marché jusqu'ici. C'est la première maison que j'ai trouvée.

– Mon pauvre petit... répétait la vieille. Mon pauvre petit...

Tout à coup, j'ai repensé au bruit de moteur que j'avais entendu pendant que j'étais à la source. Une voiture, sur la route du col. Mais le col était fermé, c'était indiqué sur le panneau. Alors, pourquoi il avait pris cette route ?

La vieille a posé la bassine par terre. Elle continuait à le rassurer. À le réconforter.

– C'est fini, maintenant. Tout va bien. Il te faut juste un peu de repos... Tu sais ce qu'on va faire, mon Bernard ? Je vais te préparer quelque chose de bon à manger.

– Non ! a fait l'autre. Je peux pas rester, il faut que...

– Allons, allons ! l'a coupé la vieille. Ne recommence pas à t'agiter. Laisse-moi faire... Regarde-moi ça, tu es maigre comme un clou. C'est à croire qu'ils ne te nourrissaient pas, là-bas ! Tu as besoin de reprendre des forces... Ne bouge pas, surtout. Tu restes assis et tu m'attends, je reviens tout de suite.

Elle s'est levée et a filé droit à la cuisine. Ça m'a scié ! Depuis des mois et des mois, c'était moi qui préparais la bouffe, et il suffisait que l'autre débarque pour qu'elle s'y remette aussitôt! Je me suis dit que ce type avait de sacrés pouvoirs et que la partie allait certainement pas être facile.

On est restés un moment sans rien dire, à s'observer. Puis le type s'est assis, lentement. Il s'est frotté la figure. Il a posé la main sur sa blessure.

– Bon sang! il a soufflé. Ça cogne là-dedans!

J'ai pas relevé. Il a poussé un long soupir. Il a attendu encore un peu, puis il a demandé:

– Pourquoi elle m'appelle «Bernard»?

J'ai réfléchi à toute allure. Je me suis dit que j'avais un avantage sur lui: il ne savait pas que je savais. Autant en profiter. J'ai décidé de faire l'imbécile et de jouer le jeu, pour l'instant.

– Elle croit que vous êtes son fils, j'ai dit.

– Son fils? Pourquoi, je ressemble à son fils?

– Je sais pas. Je l'ai jamais vu.

– Ah bon?... C'est quoi, cette histoire? J'y comprends rien.

– Elle l'attend. Elle pense qu'il va revenir.

– Qui ça? Le Bernard?

– Oui.

Le gars a froncé les sourcils. Inquiet, tout à coup.

– Parce qu'il doit revenir bientôt? Où est-ce qu'il est?

– Il est nulle part, j'ai dit. Il est mort.

Il a recommencé avec ses yeux ronds et sa bouche de poisson. Puis, soudain, il s'est mis à hocher la tête plusieurs fois, avec une espèce de petit sourire.

– D'accord... J'ai pigé. Elle est complètement fêlée, la vieille, c'est ça?

Ça m'a pas plu. Ça m'a pas plu du tout qu'il l'appelle « la vieille ». Moi je l'appelle comme ça, mais c'est pas pareil. C'est seulement dans ma tête, pas devant tout le monde. Et puis c'est gentil. Je me moque pas d'elle.

N'empêche, c'était bien la preuve que j'avais raison. Le type commençait à dévoiler son vrai visage. Il s'était trahi. Première erreur de sa part. D'ailleurs, il a dû s'en rendre compte : d'un seul coup, son sourire a disparu.

– Excuse-moi ! Je voulais pas te vexer. C'est ta grand-mère ?

J'ai pas répondu.

Il s'est penché et il a insisté :

– Et ce... ce Bernard, c'était ton papa peut-être?

J'ai fait non de la tête.

– Ah !... a fait le type.

Il a eu l'air de réfléchir quelques secondes avant de demander :

– Ils sont où, tes parents, alors? Ils habitent ici?

– J'ai pas de parents.

Ça lui a cloué le bec. Il est resté un moment comme ça, les sourcils froncés, à me regarder de travers. Moi j'étais debout, je bronchais pas.

– Dis donc, il a fait, tu serais pas en train de me mener en bateau, par hasard?

– Non. C'est la vérité.

– J'espère... parce que j'ai horreur des mensonges !

Il avait pris une voix basse, sifflante. Comme un serpent. S'il croyait m'impressionner, il se fourrait le doigt dans l'œil.

– Remarque, il a dit, des fois c'est pas plus mal, de pas connaître ses vieux ! Moi, les miens...

Il a pas pu finir sa phrase, la vieille a passé la tête par la porte juste à ce moment-là.

– Des œufs au plat, ça te va? elle a demandé.

– Des œufs? Euh... c'est parfait! Impeccable!

La vieille a disparu à nouveau. Vive comme l'éclair. On la tenait plus. Le type en a profité pour me chuchoter:

– Qu'est-ce que je fais, d'après toi? Faut peut-être que je lui dise, que je suis pas son fils.

– Ça servira à rien. Elle vous croira pas.

– Hmm... il a fait en pinçant les lèvres. Donc, si je comprends bien, vous vivez seuls ici tous les deux? Personne d'autre, c'est ça?

– C'est ça.

– Ça doit pas être facile tous les jours, dis-moi. Avec la grand-mère qui... qui... enfin, tu vois ce que je veux dire. Comment tu fais? Y a pas quelqu'un qui vient t'aider, de temps en temps? Un voisin, ou je sais pas qui?

C'est le genre de questions que j'aime pas. Le gars tournait autour du pot, mais je voyais parfaitement où il voulait en venir.

– On n'a pas de voisins. Et puis, de toute façon, on n'a besoin de personne. On se débrouille très bien comme ça!

Le type a hoché la tête.

– D'accord... il a soufflé.

Après ça, il s'est calé contre le dossier, il a allongé ses jambes, tranquille, comme s'il était chez lui. Il avait retrouvé son petit sourire. Il a murmuré encore une fois : « D'accord... » Puis il a plus rien dit.

5

– Voilà, c'est prêt ! a fait la vieille en débarquant.

Elle portait un plateau avec plein de choses dessus. Des œufs, du pain, du fromage, même un pot de confiture. Elle l'a posé sur la chaise, devant le canapé.

– Mange, mon petit. Ça va te faire du bien.

Le type s'est redressé. Il a d'abord fait celui qu'était un peu gêné, puis il a pris sa fourchette.

– Ben… merci, il a dit. C'est vrai que j'ai un peu la dalle !

La vieille a eu un petit rire, ça m'a énervé encore plus. L'autre s'est goinfré comme un ogre. La vieille le regardait avec des yeux brillants, comme si elle avait jamais vu quelque chose d'aussi merveilleux. Presque à chaque bouchée, elle ouvrait la bouche en même temps que lui. Dans le vide. Complètement ensorcelée, elle était. Ça m'aurait pas étonné qu'il lui ait déjà balancé un sortilège, mine de rien. J'avais intérêt à rester sur mes gardes.

En moins de dix minutes, il avait tout avalé. La vieille est retournée dans la cuisine pour lui chercher à boire. Elle est revenue avec une carafe et un verre.

– Tu as assez mangé, au moins? elle a demandé. Tu ne veux pas que je te fasse cuire autre chose?

L'autre s'est tapoté l'estomac.

– Oh non! Je suis plein comme un œuf.

– Un café, peut-être? Ou une tisane, pour digérer?

– Non, non, même pas. Juste un verre d'eau et c'est bon.

Elle l'a servi. Elle lui a tendu le verre, puis elle a reposé la carafe sur le plateau.

– Bon! elle a fait, eh bien, je vais chercher ton sac, pour commencer à ranger tes affaires.

L'autre était en train de boire. Quand elle a dit ça, il a tout recraché d'un coup et s'est mis à tousser comme un malade. La vieille s'est approchée vite fait.

– Doucement, allons ! Tu vas t'étouffer !

En dix secondes, le type a changé deux fois de couleur. D'abord rouge, puis blanc. Il avait de l'eau qui lui dégoulinait sur le menton.

– Merde ! il a fait en reprenant son souffle. Le sac !... Le sac !... Où est-ce qu'il est?

– C'est pour ça que tu te fais du souci ? a dit la vieille. Il est resté là-bas, dans l'entrée. Mais ne t'inquiète pas, je m'en occupe.

– Non ! a fait le type en se relevant d'un bond. J'y vais !

La vieille s'est écriée :

– Bernard ! je t'en prie, reste tranquille. Ce n'est pas prudent. Puisque je te dis que je peux le faire. Ça ne me dérange absolument pas.

Elle avait agrippé son bras et essayait de le repousser en douceur sur le canapé. L'autre s'est dégagé d'un geste brusque et puis il s'est mis à gueuler :

– Personne touche à ce putain de sac, à part moi ! C'est compris ?

Sa figure était redevenue toute rouge. Cramoisie. Il y a eu un grand silence. La vieille s'est reculée d'un pas, de surprise et de frayeur. Ça m'a serré le cœur. Ce salopard nous a regardés l'un après l'autre. Ses lèvres étaient tordues, on aurait dit qu'il allait se jeter sur nous pour nous bouffer. Il serrait toujours le verre dans sa main. Il a voulu le reposer sur le plateau, mais il l'a raté. Le verre est tombé par terre, sans se casser, il a roulé sous la chaise. Le type l'a pas ramassé. Il a filé à la cuisine. Il marchait sans problème. Il avait oublié d'avoir mal...

J'ai regardé la vieille. Elle paraissait encore sous le choc. Je me suis dit que cette fois ça y était, elle avait enfin compris. Pendant quelques secondes, elle est restée muette. Puis elle a secoué doucement la tête et elle a fini par soupirer :

– Il a toujours été coléreux... comme son père !

Ensuite, elle s'est baissée pour ramasser le verre.

J'ai serré les poings de toutes mes forces. Puis j'ai fermé les yeux en respirant un grand coup. Fallait pas que je perde mon sang-froid.

Le type est revenu au bout d'un moment. Il s'est arrêté à l'entrée de la pièce. Le sac pendait au bout de son bras. Il nous a scrutés méchamment.

– Vous l'avez ouvert? il a demandé.

– Non, a répondu la vieille. Pas encore. C'est ce que je voulais faire, mais tu t'es mis en colère. Si tu veux...

– Et toi? il l'a coupée.

C'était à moi qu'il s'adressait. J'ai fait non de la tête.

– T'es sûr? T'as pas un peu fouillé?

J'ai haussé les épaules.

– Pourquoi j'aurais fouillé? J'suis pas un voleur!

Il a continué à me fixer d'un air mauvais. Puis il est retourné s'asseoir sur le canapé. Il a posé le sac à côté de lui, sous son bras. C'est là que j'ai pigé. D'un seul coup, ça m'a fait tilt: ses armes! Les fusils! Les deux fusils à pompe! À tous les coups, ils étaient planqués dans le sac!

Je me suis mordu la lèvre. Je m'en voulais de pas y avoir pensé plus tôt. J'aurais pu lui piquer les flingues pendant qu'il était encore dans les vapes. Ça, c'était une erreur de ma part, je le reconnais.

– Bon, a repris le type. OK! On va pas en faire un plat!... Je me suis un peu énervé. Désolé. C'est cet accident. Le coup sur le crâne, tout ça, ça m'a chamboulé.

Il essayait de sourire, de faire le gentil. J'ai tout de suite compris qu'il avait changé de tactique. Évidemment, la vieille est tombée direct dans le panneau.

– Bien sûr! elle s'est empressée de dire. Je comprends. Et puis la fatigue, aussi. Tu dois être sur les rotules, mon pauvre petit... Oh! et moi qui reste là à discuter, alors que ta chambre n'est même pas encore prête!

– Ma chambre? a fait l'autre.

– J'y vais, a repris la vieille. Je monte tout de suite pour finir de la préparer.

– Je crois pas que ce soit la peine de...

– J'en ai pour cinq minutes, je t'assure! Comme ça, tu pourras te mettre au lit dès que tu en auras envie. Tu seras plus à ton aise que sur ce canapé.

– Ma chambre... a répété le type.

Ç'avait l'air de le faire marrer.

– Rien de tel qu'une bonne nuit de sommeil pour se requinquer ! continuait la vieille. Demain matin, tu verras, tu seras en pleine forme.

Elle s'est dirigée vers les escaliers. Elle a monté les premières marches, puis elle s'est arrêtée et retournée.

– Bernard, tu ne bouges pas, hein ? Tu me promets de rester assis là, sagement, et de ne pas t'agiter en attendant ?

Le type a levé les deux mains.

– C'est promis... maman !

– C'est bien, a dit la vieille. C'est bien.

Elle s'est remise à grimper. Aussitôt, l'autre s'est tourné vers moi et m'a lancé un gros clin d'œil. C'était écœurant.

– Si on m'avait dit que j'allais retrouver ma maman aujourd'hui !

Il rigolait tout seul.

La vieille est entrée dans une des chambres vides. Elle a refermé la porte derrière elle. L'autre a continué de plus belle.

– N'empêche que ça m'aurait pas déplu, d'avoir une mère comme elle. Moi, la mienne, elle passait son temps à me gueuler dessus. Sans compter les roustes que je me suis prises... La vache ! Même quand j'avais rien fait, elle trouvait toujours une bonne raison pour m'en coller une ! J'crois que c'était juste pour se défouler, en fait. Pour se calmer les nerfs. Elle pouvait pas taper sur le père, alors c'était moi qui prenais à sa place, tu vois ?

J'ai pas répondu.

– Finalement, t'as plutôt de la chance, il a continué. Personne pour t'engueuler. Personne pour te taper dessus... T'es peinard !

Il s'est étiré. Pendant une ou deux minutes, il s'est plus occupé de moi. On entendait la vieille qui traficotait là-haut, à l'étage. Je reconnaissais le bruit de ses pantoufles sur le plancher.

Puis, le type a recommencé à tâter le pansement sur sa tête, comme s'il venait juste de se rappeler qu'il était blessé.

– De quoi j'ai l'air, avec ce truc ? il a fait. Je vais pas pouvoir repartir comme ça. Faut que je me trouve un bonnet ou une capuche.

– Vous allez repartir ?

Il a fait l'étonné.

– Bien sûr que je vais repartir ! Qu'est-ce que tu crois ? Vous êtes bien gentils tous les deux, mais je comptais quand même pas m'installer ici!

– Quand ça? Ce soir?

Je voulais savoir combien de temps il me restait, mais il était plus malin que ce que je pensais. Il a fait mine d'hésiter, puis il a dit:

– Ça, je sais pas encore. Faut que je réfléchisse...

Il s'est levé et a marché un peu à travers la pièce. Puis il est allé à la fenêtre et a regardé dehors.

– Avec ce qu'y tombe, c'est pas gagné! il a dit. Et ç'a pas l'air de vouloir se calmer. Qu'est-ce que t'en penses, toi qui as l'habitude?

– Je sais pas. Des fois, ça dure deux heures. Des fois, deux jours.

En réalité, je pensais pas du tout à la tempête, à cet instant. Je pensais carrément à autre chose.

Au sac.

Le type l'avait laissé sur le canapé. À deux mètres de moi. Je me suis dit que j'avais déjà laissé passer ma chance une fois. C'était la deuxième. Et y en aurait peut-être pas d'autre.

– Deux jours!... Merde, c'est quoi ce pays? a lancé le type.

Il me tournait toujours le dos, la figure scotchée à la vitre. J'ai commencé à me rapprocher du canapé. Lentement. Sans bruit. L'autre a soupiré.

– Et puis, y a un autre problème... C'est que j'ai plus de voiture, maintenant ! La mienne est foutue. J'avais pas prévu ça.

« C'est ça ! je me disais. Continue à parler. Continue... » Pendant ce temps, moi je continuais à me rapprocher, tout en le surveillant. Je le quittais pas des yeux. Si jamais j'arrivais à récupérer les flingues, il était cuit. Il me restait plus qu'un mètre à faire. Rien qu'un seul petit mètre.

– Le prochain bled, il est à combien d'ici? il a demandé.

J'ai avalé ma salive.

– Un kilomètre et demi environ.

Ma voix a tremblé un peu, mais il a pas eu l'air de le remarquer. J'avais très chaud, tout à coup. Comme quand on reste trop longtemps devant la cheminée. Je me suis aperçu que la sueur coulait dans mon dos, mon tricot était trempé et me collait à la peau. Mais j'avançais. J'avançais.

Et puis, soudain, j'ai senti ma jambe toucher le canapé. J'y étais !

– Faudra bien que je trouve un moyen, a dit l'autre. Je peux pas rester bloqué ici deux jours.

À ce moment-là, il y a eu une espèce de sifflement dans mes oreilles et à l'intérieur de mon crâne. Un bruit de Cocotte-minute. Le type a peut-être continué à parler, mais je l'entendais plus. Je voyais que son dos, immobile. Je me suis penché, j'ai tendu le bras vers le sac. J'ai attrapé la fermeture Éclair et commencé à tirer dessus.

Et puis le type a pivoté d'un seul coup. Réflexe. En un quart de seconde, j'ai retiré ma main et je me suis relevé. Est-ce qu'il m'avait vu?

Je ne bougeais plus. Je ne respirais plus. Raide comme un piquet. J'avais l'impression que ma tête était en feu. Une goutte de sueur a dégouliné sur mon front. Elle m'est tombée dans l'œil et ça m'a piqué. J'ai fermé la paupière. Puis je l'ai rouverte.

Le type non plus ne bronchait pas. On était face à face et il me dévisageait d'un drôle d'air. Ses yeux étaient légèrement plissés. Il souriait pas. Le sifflement était de plus en plus fort dans mes oreilles; et maintenant, en plus, il y avait des sortes de coups derrière mes tempes. Comme des battements qui venaient de très loin, du fond d'une vallée ou de sous la terre.

Il m'a semblé que ça durait des siècles et des siècles. Et puis, au bout de tout ce temps, le type a remué les lèvres. Il parlait. Mais j'ai rien entendu.

– Comment? j'ai fait.

Le sifflement s'est arrêté. Les coups aussi. Le type a répété:

– J'ai dit: Je suppose que tu te fais du souci pour la grand-mère. T'as peur que ça lui fiche un coup quand elle verra que son petit «Bernard» est reparti. C'est ça, pas vrai?

J'ai mis un moment avant de comprendre ce qu'il voulait dire. Puis je me suis demandé s'il se foutait de moi ou pas. Il avait pas l'air de plaisanter.

– C'est ça, j'ai fait.

– Ouais... il a soupiré.

Il est revenu vers moi, toujours sans se presser. Je me suis écarté.

– On va essayer d'arranger ça, il a dit en se rasseyant sur le canapé.

En ce qui me concerne, je voyais qu'une seule façon d'arranger les choses. J'ai pas répondu.

Il s'est penché en avant, les coudes sur les cuisses. Il me regardait par en dessous.

– Tu l'aimes bien, la mémé, hein? Tu voudrais pas qu'on lui fasse du mal?

Il avait encore son petit sourire.

– Non.

– C'est bien. T'es un brave garçon... Au fait, je t'ai même pas demandé: comment tu t'appelles?

Cette fois, j'ai pas hésité une seconde. J'en avais marre de voir son sourire. Puisqu'il voulait jouer au plus malin, autant y aller à fond!

Je l'ai fixé bien droit dans les yeux. Et puis j'ai dit:

– Cobb. Je m'appelle Cobb.

6

Je reconnais qu'il a plutôt bien encaissé le choc. Il a pas sursauté ni rien. Il a juste dit :

– Cobb ?... Drôle de nom. Jamais entendu.

Au moins, maintenant, les choses étaient claires. Malgré tout, il a continué à essayer de m'embobiner avec son histoire de voiture.

Il voulait absolument me faire gober qu'il était arrivé là par hasard et qu'il allait repartir bientôt, le plus vite possible. Il me prenait vraiment pour un débile.

« Encore une erreur, mon gars ! » j'ai pensé.

– Je me doute bien que tu conduis pas, il a ajouté. Et la grand-mère non plus. Mais y aurait pas une vieille bagnole qui traîne quelque part ?

Dans un garage ou dans une grange. Je sais pas, moi. Le fils, le Bernard, il avait pas une voiture, par exemple?

– J'ai jamais vu de voiture ici.

– Pas de moto, non plus?

– Non.

Il a secoué la tête d'un air contrarié. Puis il a demandé:

– Et toi, comment tu fais? Pour aller à l'école, tout ça. T'y vas à pied?

– Je prends le car.

– Le car?

J'imaginais le Chasseur Solitaire en train de monter dans le car avec son sac de flingues sous le bras. C'est Léon, le chauffeur, qu'aurait fait une drôle de tête!

– Le car... a répété l'autre à voix basse.

Pendant un petit moment, il a plus rien dit. Il se frottait le menton en faisant mine de réfléchir. Puis il a repris:

– Où est-ce qu'il s'arrête, ce car?

– À plusieurs endroits, j'ai dit. Le terminus, c'est Grenoble.

– Hmm... il a fait.

Il s'est remis debout et il a continué son manège. Il tournait en rond au milieu de la pièce. Il parlait tout seul dans sa barbe.

– Grenoble... il disait. Pourquoi pas?... Si j'arrive jusque là-bas, j'aurais plus de chance de me dégotter une bagnole...

Chaque fois qu'il me tournait le dos, je jetais un coup d'œil au sac. Mais ce salopard se retournait aussitôt et revenait sur ses pas. À cause de la vieille, je pouvais pas prendre de trop gros risques. On savait pas comment ça pouvait tourner et je voulais pas qu'il lui arrive quelque chose. Avant d'agir, fallait que je sois à peu près sûr de mon coup.

– On le prend où? a fait le type.

– Quoi?

– Le car, on le prend où?

– Au village. Devant l'église. Il passe le matin, à sept heures quinze.

– Demain matin aussi?

– Oui. Tous les jours. Puis j'ai ajouté: Mais y en a qu'un. Faut pas le rater...

Cette fois, c'est moi qui lui ai balancé un petit sourire. Histoire de bien lui montrer qu'il m'aurait pas avec son cinéma.

Il a hoché la tête.

– Je crois que je vais faire comme ça. J'ai pas trop le choix, en fait.

« Bien sûr, j'ai pensé. Bien sûr. »

– Tu m'accompagneras jusqu'au village, il a poursuivi. D'accord, Cobb ? Je préfère... Enfin, c'est mieux pour la grand-mère. Si elle me voit partir seul, elle risque de faire une crise. On lui dira qu'on va faire des courses... Non. On lui dira qu'on va chez le docteur. Hein ? Qu'est-ce que t'en penses ?

– Et après ? j'ai fait. Qu'est-ce que je vais lui raconter ?

– Après...

Le type a écarté les bras. Il a fait la moue, puis il a poussé un grand soupir. Bien sûr, il en savait rien. « T'avais pas pensé à ça, hein ? » je me suis dit.

La porte de la chambre s'est rouverte, en haut, et le type m'a fait signe discrètement, un doigt devant la bouche.

La vieille est redescendue.

– Bernard, tu es encore debout ! elle a grondé. C'est pas raisonnable. Tu m'avais promis de rester assis à ta place !

– Ça va mieux ! Je t'assure. J'ai presque plus mal.

– C'est vrai ?

– Si je te le dis.

– Fais-moi voir un peu ça.

Le type a baissé la tête et la vieille s'est penchée pour inspecter le pansement.

– Il faudra le changer tout à l'heure, elle a dit. À moins que tu veuilles aller te coucher tout de suite ? Ton lit est prêt.

– Oh !... a fait l'autre. Je vais rester encore un peu. Pour profiter de toi !

La vieille a souri. Puis elle a tendu le cou, comme pour lui chuchoter un secret à l'oreille.

– Je t'ai mis la couverture bleue. Tu sais, la douce. Celle que tu préfères.

Elle paraissait toute fière. Je me suis demandé si j'étais pas en train de rêver.

– Super !

La vieille l'a pris par le bras et l'a ramené doucement vers le canapé. Elle l'a obligé à se rasseoir. Puis elle a remis ça avec le sac.

– Je peux prendre tes affaires, maintenant? Tu dois avoir du linge sale...

Elle avait à peine posé la main dessus que le type l'avait déjà saisie au poignet et bloquée. Il avait son regard de serpent. J'ai cru qu'il allait se remettre à gueuler, mais non. Il s'est retenu. Il a pris une bouffée d'air et il a dit:

– Écoute... maman. Fais-moi plaisir, t'occupe pas de ça pour l'instant. On verra plus tard, d'accord?... Tiens, assieds-toi là, à côté de moi, et raconte-moi plutôt tout ce qui s'est passé pendant que... pendant que j'étais pas là. Tu veux bien?

Sourire forcé. C'était gros comme un camion. Il lui lâchait pas la main. S'il avait pu lui arracher, il l'aurait fait.

– Oh! tu sais, a répondu la vieille en s'asseyant près de lui, il n'y a pas grand-chose à raconter.

– Mais si, mais si...

Je bouillais. Mais comment faire? Impossible de tenter quelque chose maintenant. Trop dangereux pour la vieille. Ce lâche le savait et il en profitait.

J'ai recommencé à faire les cent pas pendant qu'elle lui racontait je sais pas quoi. J'écoutais plus. Je cherchais un plan.

À un moment donné, j'ai jeté un coup d'œil à la cheminée. Il restait plus que des braises. Puis j'ai jeté un autre coup d'œil au type : il avait l'air de s'être calmé. Ils étaient assis tous les deux côte à côte et ils bavardaient. On aurait dit qu'ils se connaissaient depuis toujours.

– Faut que j'aille chercher du bois, j'ai dit. Y en a plus. Le feu va s'éteindre.

Le type a relevé la tête.

– Où ça ? Dans la forêt ?

– Non. Dans la remise. Y a des bûches déjà coupées.

– Ah ! T'as besoin d'un coup de main ?

– Non, ça va. J'ai l'habitude.

J'ai pris le panier près de la cheminée. Puis je suis allé dans la cuisine pour récupérer la lampe électrique et enfiler mon anorak. Au moment où j'allais sortir, le type m'a appelé :

– Hé ! il a crié.

Je suis retourné à la porte de la salle à manger.

– Quoi ?

– Traîne pas trop. Il fait froid, dehors. Puis il a ajouté : T'en fais pas, je veille sur maman !

En même temps qu'il disait ça, il a passé son bras sur l'épaule de la vieille et l'a serrée contre lui, avec sa saloperie de petit sourire.

Je l'ai fusillé du regard. Puis je suis sorti en claquant la porte.

Il neigeait toujours aussi fort. Dans la lumière de la torche, ça faisait comme un rideau grisâtre. On n'y voyait pas à trois mètres. Mais l'air frais m'a fait du bien. J'ai traversé la cour. Il y avait déjà une bonne couche de poudreuse, ça crissait sous mes pas. Je me suis arrêté au début du chemin. J'ai tendu l'oreille. Aucun bruit, à part celui des flocons sur mon anorak. La buée me sortait par la bouche et le nez. J'ai sifflé un bon coup entre mes doigts. La neige étouffait le son, y a même pas eu d'écho comme y en a d'habitude. J'ai attendu un peu. Pas longtemps. Toujours aucun bruit.

Les loups ne sont pas venus.

Je suis retourné jusqu'à la remise. J'ai posé le panier par terre à l'entrée, puis je suis allé fouiller dans le fond de la cabane, là où il y a tout ce bazar. J'avais une petite idée en tête. Je cherchais un marteau. Je comptais le rapporter à la maison en le planquant au milieu des bûches. Pour l'avoir à portée de main, au cas où.

Mais j'ai pas retrouvé ce foutu marteau. Les choses sont toujours là, sauf quand on en a besoin. Tout ce que j'ai pu dégotter, c'est un vieux canif. La lame était à moitié rouillée. J'ai réussi à la replier et j'ai fourré le couteau dans la poche de mon pantalon. Je voyais pas encore trop ce que je pouvais en faire, mais je me suis dit que c'était mieux que rien.

Ensuite, je me suis dépêché d'empiler les bûches dans le panier. Ça me plaisait pas de laisser la vieille toute seule avec l'autre. J'ai pas traîné. Pendant que je tapais mes bottes sur la marche, devant l'entrée, j'ai pas pu m'empêcher de renverser la tête, bouche ouverte, pour attraper des flocons. Ça fait comme des petites pastilles qui fondent sur la langue, j'adore ça.

Quand je suis entré dans la salle à manger, ils étaient toujours assis sur le canapé, tous les deux. La vieille a même pas levé la tête. Elle avait une espèce de gros bouquin posé sur les genoux.

– Les photos de famille ! a fait le type en me lançant encore un clin d'œil.

J'avais jamais vu cet album. Je sais pas d'où il sortait. La vieille avait dû le dénicher là-haut, dans l'armoire de sa chambre. J'ai remis quelques bûches dans la cheminée, puis je me suis approché, pour voir. Ça m'intriguait. J'ai fait le tour du canapé. Je suis resté debout derrière eux, je regardais par-dessus leurs épaules.

C'était de vieilles photos, presque toutes en noir et blanc. La vieille tournait lentement les pages. Elle pointait chaque photo avec son doigt et elle expliquait au fur et à mesure. Qui était qui, et quand, et où. Elle avait l'air de se souvenir de tout. Elle montrait des tantes et des oncles, des cousins, des cousines. J'avais jamais vu ces gens. Tout ce que je reconnaissais, parfois, c'était un bout de la cour ou de la maison. Mais les gens, c'étaient des inconnus. Elle a montré son mari.

– Ton père... elle a dit au type. Pas commode, tu te souviens?

Un homme avec une chemise à carreaux et des grosses moustaches. C'est vrai qu'il avait l'air sévère, sur la photo. Un peu plus tard, la vieille a montré une jeune fille en robe blanche.

– Et ça, c'est ta sœur. Francine. Tu dois pas t'en souvenir, tu étais trop jeune quand elle est morte... Là, c'est le jour de sa communion.

Elle m'en avait jamais parlé, à moi. Même avant qu'elle perde la tête. Je savais qu'elle avait eu un mari et une fille. Je savais qu'ils étaient morts. C'est tout. J'osais pas lui poser de questions parce que j'avais peur que ça lui fasse de la peine d'en parler. Mais là, elle avait pas l'air triste. Au contraire. Elle semblait très contente de regarder les photos avec l'autre et de lui raconter tous les détails.

Je savais qu'elle avait eu un fils, aussi. Le fameux Bernard. Et qu'il était parti faire son service militaire en Algérie.

– Et là, alors, c'est qui? Tu reconnais?

Le type a fait:

– Euh...

– Ben, c'est toi, voyons! Quand tu avais quatre ans.

Sur la photo, on voyait un gamin en short, dans la cour, en train de lancer des graines à des poules.

Ça faisait très longtemps qu'il n'y avait plus de poules dans la cour.

Ça a duré encore une bonne heure, cette histoire. On a eu droit au Bernard à neuf ans, à douze ans, à quinze ans. Sur la dernière photo, il avait dix-huit ans. Il imitait un soldat au garde-à-vous. Il tenait une sorte de carabine à plombs et faisait le salut militaire. On voyait qu'il se retenait de rire.

Il ressemblait pas du tout au Chasseur Solitaire.

– C'était trois jours avant ton départ... a dit la vieille avec un grand sourire.

Elle a refermé l'album et l'a posé à côté d'elle. Puis elle a agrippé le bras de l'autre et s'est serrée contre son épaule. Très fort. En soupirant. Le gars a pas bronché. Elle paraissait toute petite à côté de lui.

J'ai pensé qu'elle avait jamais pris de photo de moi. J'y étais pas, dans l'album de famille. J'étais nulle part.

Je suis retourné mettre des bûches dans le feu.

7

C'est seulement vers minuit que j'ai enfin pu agir.

Jusque-là, on avait regardé la télé. C'était le type qui avait voulu l'allumer. La télécommande marchait plus. Elle s'était cassée, un jour, en tombant, et on n'en avait jamais acheté une autre.

Le type s'est levé deux ou trois fois pour changer de chaîne, puis il en a eu marre, il s'est calé dans le canapé et il a plus bougé. On s'est tapé une émission sur la mer. Des reportages sur le corail, sur des chasseurs d'épaves, sur des îles je sais plus où.

– C'est pas le pied, ça ? a fait le type. Peinard sur ton île, au soleil...

L'image était mauvaise. Elle sautait. Sûrement à cause de la tempête. On a quand même continué à regarder. Les infos. La guerre en Irak, la guerre en Israël. Puis il y a eu un feuilleton américain. La vieille a fini par s'endormir sur le canapé. Elle a pas l'habitude de se coucher si tard.

Il faisait sombre dans la pièce. Juste la lueur du feu et de l'écran. Le type avait demandé à ce qu'on ferme les volets et qu'on éteigne les lumières. Pour être plus tranquilles, soi-disant.

Lui aussi, il commençait à fatiguer. Je le surveillais, mine de rien. J'étais assis sur le fauteuil, je faisais semblant de m'intéresser à la télé, mais je jetais des coups d'œil sans arrêt vers lui. Il a bâillé plusieurs fois. Il se frottait la figure et les yeux. Moi, je risquais pas d'avoir sommeil. Je guettais. J'étais sûr qu'il allait pas tarder à craquer.

Pendant quelques minutes, il a gardé les yeux fermés. J'ai cru que c'était bon. Mais juste à ce moment-là, le feuilleton s'est terminé. Il y a eu la pub. Le son est monté et ça l'a réveillé. Il a ouvert un œil en grognant. Il s'est frotté encore une fois la figure. Puis il s'est levé. Il était à moitié dans le cirage. Il s'est dirigé vers les toilettes en traînant les pieds. J'ai pas bougé, j'ai même pas tourné la tête jusqu'à ce que j'entende la porte des toilettes se refermer.

«Dernière chance!» j'ai pensé.

J'ai foncé jusqu'au canapé. J'ai ouvert le sac et plongé la main dedans. La première chose que j'ai sentie sous mes doigts, c'est le flingue. Je l'ai sorti. Un fusil à pompe, exactement comme je le pensais. Ça m'a quand même fait une drôle d'impression, de le tenir dans mes mains. C'était plus lourd que ce que j'imaginais. J'ai replongé dans le sac pour chercher le deuxième fusil. Mais il y était pas. Je me suis dit qu'il avait dû le planquer ailleurs. J'ai fouillé encore un peu, à tâtons, mais tout ce qu'il y avait c'était des bouts de papier, un tas de bouts de papier. J'en ai pris une poignée, pour voir. Et là, ça m'a scotché.

C'était pas des bouts de papier. C'était des billets. De toutes les tailles et de toutes les couleurs. 10 euros, 20 euros, 50, 100, 200... J'en ai sorti une autre poignée. Y en avait plein le sac. J'ai failli réveiller la vieille pour lui montrer, mais tout à coup j'ai entendu le bruit de la chasse.

Vite, j'ai remis les billets dans le sac, puis je suis retourné vers le fauteuil avec le flingue. Je suis resté debout. J'ai pointé le canon vers la porte et j'ai attendu.

J'avais le cœur qui cognait comme un tambour.

Le type est sorti des chiottes. Il a fait trois pas dans la pièce. J'ai même pas eu besoin de lui dire de plus bouger ; dès qu'il m'a vu, il s'est arrêté net. Il a regardé le flingue, il a regardé le sac, puis il m'a regardé à nouveau. Il avait plus du tout l'air endormi.

– Qu'est-ce que tu fous? Baisse ce truc, c'est dangereux!

J'ai pas bronché.

Il a repris en montant la voix :

– Allez, arrête tes conneries, Cobb! T'as compris? Rends-moi ça, ça me fait pas rire! C'est pas un jouet pour les mômes!

Moi non plus, ça me faisait pas rire. Ce salopard me prenait vraiment pour un âne. Il s'est avancé vers moi. J'ai levé le fusil d'un mouvement brusque. Il a stoppé net.

– OK... il a fait en levant les bras. OK... Qu'est-ce

que tu veux faire? Tu veux me tirer dessus? Tu veux me tuer?

J'ai pas répondu.

Il a rabaissé les bras, lentement.

– Pourquoi tu fais ça? il a dit. J'croyais qu'on était potes, tous les deux... Est-ce que je t'ai fait du mal? Est-ce que j'ai fait du mal à la vieille? Non! Alors, pourquoi?

– Tais-toi! Tu fais que mentir! Depuis le début. T'essayes de nous rouler, mais ça marche pas avec moi. Je sais qui tu es!

Ça lui a fichu un coup, j'ai bien vu. Il est devenu tout pâle. Il faisait moins le fier, maintenant.

– Tu sais quoi? il a soufflé. C'est pas possible. Comment tu pourrais savoir? Ils en ont même pas encore parlé, à la télé!

– Pas besoin de la télé. Je le sais, c'est tout!

À ce moment-là, un morceau de bois a claqué dans la cheminée. Un bruit de pétard. Le type a eu peur, il a cru que j'avais tiré. Il a mis son bras devant sa figure pour se protéger. Fausse alerte. Il a fermé les yeux.

– Putain de merde! il a craché entre ses dents.

Je transpirais. J'avais les mains toutes moites et je sentais mes doigts glisser sur le fusil.

– Bon, écoute... a repris l'autre. Je veux pas vous causer d'ennuis, à toi et à la grand-mère. Tout ce que je voulais, c'était attendre un moment ici, à l'abri... Demain matin, je prends le car et je me tire. Je te l'ai dit. Je te jure que c'est vrai. Après ça, t'entendras plus jamais parler de moi. D'accord? On fait comme ça?

– Non! Pas question.

– Putain! Alors tu veux quoi? il s'est énervé. De l'argent? Du fric?... J'en ai! Va voir dans le sac, si tu me crois pas. Y en a plein... On partage, OK? Moitié-moitié, je peux pas te dire mieux. Tu pourras t'acheter tout ce que t'as envie. C'est pas génial, ça? Tu pourras...

– David!

Le cri nous a fait sursauter tous les deux. On s'est tournés en même temps vers le canapé. La vieille s'était réveillée. Elle nous regardait l'un après l'autre, sans comprendre.

– Qu'est-ce qui se passe? elle a fait.

Elle s'est levée et elle est venue vers moi.

– Qu'est-ce que tu fais avec ce fusil?

Et là, soudain, l'autre salopard s'est mis à hurler :

– Il veut me tuer, maman ! Il veut me tuer !

La vieille a eu un temps d'arrêt. Elle m'a fixé d'un air choqué. Puis elle s'est remise en marche.

– Allons, donne-moi ça, David ! elle a dit.

– C'est pas vrai ! C'est lui qui...

– Si, c'est vrai ! a continué l'autre. Il veut me tuer, maman ! Il me l'a dit !

– Donne-moi ça ! a répété la vieille. Laisse Bernard tranquille, tu lui fais peur.

– Mais c'est pas Bernard ! j'ai crié. Je te jure, c'est pas lui !

– Tu vois ? a fait le type. Il est jaloux ! C'est pour ça ! C'est pour ça qu'il veut me tuer !

– Ça suffit, David ! a dit la vieille. Pose ce fusil immédiatement !

Elle avançait toujours. Encore deux ou trois pas et elle serait dans ma ligne de mire.

– Pousse-toi, mamie ! j'ai fait. Ne te mets pas au milieu !

J'ai reculé un peu, mais je me suis retrouvé coincé contre le fauteuil. La vieille est arrivée. Elle a attrapé le canon.

– Allons, donne!

Elle était pile entre le type et moi. Elle tirait sur le fusil pour me l'arracher des mains.

– Pousse-toi, mamie! Pousse-toi! Reste pas là!...

J'essayais de me dégager, mais elle s'accrochait et j'avais peur de lui faire mal. En même temps je voyais l'autre traître, derrière elle, qui en profitait pour se rapprocher et qui continuait à l'exciter avec ses «Il veut me tuer, maman! Aide-moi! Il veut me tuer!»

– Veux-tu lâcher ça, David! Veux-tu...

– Attention! j'ai crié.

Trop tard. Le type a pas hésité. Il a poussé la vieille dans le dos, de toutes ses forces. La pauvre est venue cogner contre moi. Sous le choc, le fauteuil a basculé et on est tombés par terre tous les deux ensemble. La vieille était écroulée sur mon ventre. Je pouvais plus bouger. J'ai pensé que ce salaud l'avait tuée.

– Mamie! j'ai hurlé.

Et puis, j'ai vu le type apparaître juste au-dessus de moi. Il s'est penché. J'ai vu sa gueule de tueur. Son regard de serpent. J'ai vu son poing se lever. J'ai vu comme une ombre, comme une aile de corbeau, toute noire, qui a foncé sur moi à toute allure.

Et puis, j'ai plus rien vu.

8

J'ai fait ce drôle de rêve.

J'étais avec un cheval. Un grand cheval marron. Il était debout devant moi et il me parlait. Je voyais ses babines remuer et ses grosses dents blanches, un peu jaunies. Il avait une grosse voix, mais très douce et gentille.

C'était un ami. Je comprenais pas très bien ce qu'il me disait. Tout ce que je me rappelle, c'est qu'il a répété plusieurs fois: «Ne te retourne pas... Ne te retourne pas...»

Et puis, au bout d'un moment, il a commencé à rapetisser. Là, comme ça, sous mes yeux. Il avait pas l'air de s'en rendre compte. Ou alors il trouvait ça normal. Il continuait à me parler et, au fur et à mesure, sa taille diminuait. Il est devenu comme un poney, puis comme un cheval à bascule, puis comme un jouet, une figurine en miniature. Sa voix aussi était de plus en plus faible et aiguë. À la fin, on aurait dit le bruit d'un moustique. Je voulais pas qu'il disparaisse mais je pouvais rien faire.

D'un seul coup, il a plus été là. Je l'ai appelé : « Cheval ! Cheval ! » mais il m'a pas répondu. Je connaissais pas son nom.

Il m'avait dit de pas me retourner, mais je l'ai fait quand même, c'était plus fort que moi. J'ai rien vu d'extraordinaire. Il y avait juste un champ, immense. Pas d'herbe ni de fleurs, seulement des mottes de terre, un peu boueuses, comme si on venait de labourer. Tout au bout, très loin, il y avait aussi trois arbres. Ils étaient maigres et se balançaient sous le vent. Moi, je sentais pas le vent.

Le champ était vide. J'ai attendu un peu, parce que j'avais l'impression que quelqu'un devait venir. Mais personne n'est venu. Alors, je me suis décidé à aller faire un tour vers les arbres. Seulement, quand j'ai voulu me mettre en route, j'ai pas pu. Mes pieds étaient collés à la boue. J'essayais de m'arracher mais j'y arrivais pas. Et plus j'essayais, plus mes jambes s'enfonçaient, comme dans les sables mouvants. Alors, j'ai plus bougé. Je suis resté là, debout, dans le champ.

Voilà. Ça s'est terminé comme ça. En tout cas, c'est tout ce dont je me souviens.

Quand je me suis réveillé, j'étais dans le noir complet. J'ai d'abord cru que c'était encore le rêve. Puis j'ai cru que j'étais mort. Mais, au bout de quelques secondes, j'ai reconnu l'odeur. C'était celle de la salle de bains.

J'étais allongé par terre sur le carrelage et j'avais sacrément mal à la mâchoire. Ça me lançait jusqu'en haut de la joue. J'ai voulu me frotter et c'est là que j'ai réalisé que j'étais attaché. Mes deux mains ligotées ensemble, et pareil pour mes jambes. Le salaud m'avait fait prisonnier !

Je savais pas depuis combien de temps j'étais là. Je me rendais pas compte. Je savais même pas si c'était encore la nuit ou pas. Il n'y a pas de fenêtre dans la salle de bains.

J'ai pensé à la vieille. J'ai revu toute la scène dans ma tête. Le sac, les billets, le flingue, la vieille qui vient vers moi, et le type qui hurle et qui la pousse. Il s'était servi d'elle comme bouclier. Ça m'étonnait pas de lui. C'était un lâche et il était prêt à tout. S'il l'avait tuée, il le regretterait toute sa chienne de vie !

« Ma vengeance sera terrible ! » j'ai pensé.

Il croyait peut-être que c'était fini. Que j'avais abandonné. Il me connaissait mal.

Je me suis assis, le dos contre la baignoire. Je suis resté un moment à écouter. Y avait aucun bruit dans la maison, même pas les craquements habituels. Ensuite, j'ai essayé de me délivrer en tortillant mes mains et mes pieds. Mais rien à faire, les cordons étaient trop serrés ; et plus je bougeais, plus ça me cisaillait la peau.

Finalement, je me suis remis debout. J'avais calculé à peu près où se trouvait la porte par rapport à la baignoire. J'ai commencé à avancer en sautillant, les pieds joints. Une fois, deux fois. À la troisième, j'ai cogné avec la hanche contre le rebord du lavabo. Ça m'a déséquilibré. J'ai senti que je partais en arrière, mais pas moyen de me rattraper. Je suis retombé sur les fesses. J'ai pas pu me retenir de pousser un petit cri de douleur.

Trois secondes après, j'ai entendu des pas. La porte s'est ouverte d'un seul coup, puis la lumière a jailli dans la pièce. Ça m'a fait comme des flammes dans les yeux. J'ai serré fort les paupières. J'ai mis une bonne minute avant de pouvoir les rouvrir complètement.

Le type était là devant moi. Il tenait toujours la poignée de la porte. Il bougeait pas. On s'est dévisagés un moment. Puis il a dit :

– Bien dormi, Cobb?

J'ai pas répondu.

Il a lâché la poignée et s'est approché. Il secouait la tête.

– Tu vois ce que tu m'obliges à faire... il a soupiré. C'est pas malin ! Mais c'est toi qui l'as cherché, t'es d'accord?

Il s'est accroupi à côté de moi. Puis il a tendu le bras et a appuyé sur ma joue, du plat de la main. Ça m'a fait un mal de chien. J'ai tourné la tête en serrant les dents pour pas crier.

Le type a fait une légère grimace.

– Aïe! il a soufflé. Encore un peu enflé... Mais ça passera.

Si j'avais pas été attaché, j'lui aurais arraché les yeux!

– Où elle est? j'ai lancé tout à coup. Où est mamie? Qu'est-ce que vous lui avez fait?

Il a haussé les sourcils, comme s'il s'attendait pas à cette question. Puis j'ai vu son sourire qui revenait, petit à petit.

– Je l'ai enterrée dans le jardin. Qu'est-ce que tu voulais que je fasse?

J'ai ouvert la bouche. Aucun son n'est sorti. J'ai senti ma gorge qui se serrait. Et puis ma respiration bloquée. Le silence a duré peut-être trente secondes. Le type s'est relevé. Il souriait toujours. Je voyais le bout de ses dents. Soudain, il a appelé:

– Maman!

Sans se retourner.

– Maman! Viens voir un peu par ici, qui c'est qu'est réveillé!

J'ai recommencé à respirer quand j'ai reconnu le bruit des pantoufles de la vieille, dans le couloir. Elle se pressait.

Elle s'est arrêtée à la porte de la salle de bains. Elle m'a regardé d'un drôle d'air, un peu timide, un peu étonné. Elle a rien dit.

– Approche ! a fait le type.

Elle s'est avancée à petits pas. Je sais pas pourquoi, mais tout à coup elle me faisait penser à une souris. Il me semblait qu'elle avait rétréci, elle aussi. Comme le cheval dans mon rêve.

– Mamie... j'ai murmuré.

J'aurais voulu lui demander si elle allait bien, si elle était pas blessée, tout ça, mais j'ai pas pu dire autre chose que « Mamie... »

Le type l'a prise encore une fois par l'épaule. Elle faisait bien deux têtes de moins que lui.

– Ma petite maman chérie ! il a fait. Qui m'a sauvé la vie !

Il l'a embrassée sur le haut du crâne. Elle l'a laissé faire. Elle continuait à me regarder. Ses yeux étaient un peu tristes. « Pourquoi t'as fait ça ? elle avait l'air de dire. Pourquoi t'as fait ça ?... » Comme si j'avais fait une grosse bêtise et qu'elle était désolée mais qu'elle pouvait plus rien pour moi.

Elle était dans son camp.

– Tu vois, il va bien, lui a dit l'autre. Maintenant, retourne te reposer. Je te rejoins.

Il l'a repoussée doucement vers la sortie. Elle est partie sans se retourner, sans me dire un mot. J'entendais ses pas s'éloigner dans le couloir. Pendant quelques secondes, j'ai pensé qu'elle allait revenir. Je fixais l'endroit où elle avait disparu et j'attendais. Et puis, tout à coup, c'est devenu tout flou devant mes yeux. Je me suis aperçu que je pleurais. Je l'avais même pas senti venir.

Le type a hoché la tête. Il a jeté un œil à sa montre.

– Y en a plus pour très longtemps... il a soufflé.

Il a fait demi-tour. Mais juste avant de s'en aller, il m'a lancé :

– Au fait, pourquoi elle t'a appelé « David », tout à l'heure ? C'est qui, ce David ?... Toi aussi, elle te confond avec quelqu'un d'autre, c'est ça ?

J'ai pas répondu.

– Ouais... il a murmuré.

Puis il a éteint la lumière et refermé la porte.

Je m'en voulais d'avoir chialé devant lui. Mais dès que je me suis retrouvé seul dans le noir, je me suis allongé par terre et j'ai chialé de plus belle.

« C'est pas juste ! j'ai pensé. C'est pas juste ! »

9

J'avais froid. J'étais couché sur le côté, la tête contre le carrelage. Et je pleurais, je pleurais. Un vrai bébé. Les larmes arrêtaient pas de couler, je pouvais pas les empêcher. Mes joues et mon nez étaient trempés. Je serrais les lèvres, j'essayais de pas renifler trop fort, pour pas que ça s'entende.

C'était tout ce que je pouvais faire. Je crois bien que j'ai jamais autant chialé de toute ma vie.

Puis ça a fini par se calmer. Je me suis assis à nouveau contre la baignoire. J'avais l'impression d'être complètement vide. Tout mou. Plus de muscles et plus de cerveau. J'ai fermé les yeux.

«Cobb, réveille-toi! je me suis dit. Réveille-toi, Cobb! Réveille-toi! Réveille-toi! Réveille-toi, ou tu vas crever!»

Je l'ai appelé très fort dans ma tête et il est venu. C'est lui qui m'a chuchoté à l'oreille: «Le canif...»

J'ai rouvert les yeux d'un coup.

Le canif!

J'y pensais plus. Il était resté dans la poche de mon pantalon. Et l'autre imbécile qui me prenait pour un nul et qui m'avait même pas fouillé!

En me tortillant un peu, j'ai réussi à récupérer le couteau et je l'ai ouvert. Puis j'ai commencé par couper le cordon à mes pieds. Ça m'a pris un moment à cause de la lame qui était vieille et rouillée. Surtout que je m'arrêtais souvent pour écouter; j'avais peur que le type débarque d'un seul coup.

Après, j'ai essayé de faire la même chose pour libérer mes mains. Mais j'ai vite compris que ça servait à rien. J'avais beau me tordre les poignets, vu comme ils étaient attachés, c'était impossible. Ou alors ça me prendrait des heures et des heures. Pas le temps. J'ai refermé la lame et remis le canif dans ma poche.

Et maintenant?

«Réfléchis!» je me suis dit.

Tout à l'heure, je m'y étais pris comme un débutant. Pas question de refaire les mêmes erreurs. Il me fallait un plan. «Concentre-toi et réfléchis!»

J'ai gambergé comme un malade, puis j'ai fini par trouver.

Je me suis avancé jusqu'au lavabo, toujours dans le noir. Je voulais pas éclairer, parce que ça risquait de se voir par-dessous la porte. Je me suis baissé et j'ai ouvert l'espèce de petit placard sous le lavabo. C'est là qu'on range tous les produits pour nettoyer. J'ai tâtonné un moment pour trouver ce que je cherchais. Une bouteille de Destop. C'est un produit hyper-dangereux, ça sert à déboucher tous les tuyaux et les canalisations, et ça brûle comme de l'acide. J'ai reconnu la forme de la bouteille. Je l'ai prise et j'ai enlevé le bouchon en la tenant coincée entre mes jambes. Rien que l'odeur, quand on ouvre, c'est infect.

Après ça, j'ai pris le verre à dents sur la tablette du lavabo. Je l'ai posé par terre à côté de la bouteille. Le plus difficile, c'était de le remplir sans en renverser partout. J'y suis allé tout doucement. Quand le verre a été quasiment plein, j'ai rebouché la bouteille et je l'ai rangée à sa place. Cette saloperie d'odeur me donnait envie de vomir.

J'ai serré le verre entre mes mains et je me suis relevé. J'ai marché prudemment jusqu'à la porte. Puis je me suis reculé à nouveau de trois pas, en ligne droite. Pour être sûr d'être dans le bon axe. J'étais excité et effrayé en même temps. J'ai soufflé lentement par la bouche.

« C'est pas compliqué, je me suis dit. Un seul essai. Si tu rates ton coup... t'es mort ! »

Et puis je me suis mis à hurler :

– Au secours ! Au secours ! Au secours !...

Ça n'a pas traîné. J'ai reconnu les pas du type dans le couloir. Il arrivait vite. « Pourvu que la vieille le suive pas ! » j'ai pensé.

La porte s'est ouverte d'un bloc. J'ai vu la silhouette du gars dans l'encadrement. C'était pile le moment. J'avais qu'une petite seconde, même pas, pour agir. Avant que le type éclaire et que la lumière m'éblouisse.

J'ai deviné son bras qui se tendait vers l'interrupteur.

– Qu'est-ce qui se... il a fait.

Je lui ai pas laissé le temps de finir. J'ai balancé le produit en visant sa tête. Surprise. Il a reculé en plaquant ses deux mains sur sa figure et en poussant un cri. Je l'avais eu. J'ai lâché le verre et je lui ai foncé dessus. Je l'ai percuté de tout mon élan. Il est pas tombé, mais il est parti en arrière et ça m'a laissé juste assez d'espace pour me faufiler.

– Putain de petit merdeux ! il a gueulé.

Il se frottait les yeux. Au passage, il a lancé son bras à l'aveuglette. J'ai senti ses doigts qui s'agrippaient à mon pull, dans mon dos. J'ai tiré de toutes mes forces. Il a cédé. J'ai détalé comme un fou vers la cuisine. Je n'ai pas vu la vieille ; elle devait être dans la salle à manger. Pas possible de m'occuper d'elle pour l'instant.

J'ai traversé la cuisine en renversant une chaise. Droit sur la porte d'entrée. J'entendais toujours le type derrière moi qui hurlait des insultes. J'ai ouvert la porte et je me suis jeté dehors.

Il commençait à faire jour. La tempête s'était un peu calmée. Il n'y avait plus de vent et la neige tombait moins fort. J'ai traversé la cour, puis je me suis retourné pour voir si l'autre me suivait. Juste à cet instant, il a débouché de la maison. Il m'a cherché du regard, une main au-dessus des yeux. Apparemment, il avait mal, mais il y voyait encore. Il m'a repéré et a foncé aussi. Je l'ai pas attendu.

J'ai d'abord suivi le chemin en direction du village. Je courais aussi vite que je pouvais, mais dans la neige c'était pas facile. Surtout avec les mains attachées. Je sentais que j'allais pas pouvoir tenir longtemps comme ça. J'avais que vingt ou trente mètres d'avance, et ça suffirait pas.

Puis, tout à coup, j'ai bifurqué sur la droite. Vers la forêt. En dehors du chemin, la couche de neige était encore plus haute. On s'enfonçait à chaque pas. Mais il fallait que je continue. Il fallait que j'y arrive. C'était ma seule chance.

De temps en temps, je jetais un œil en arrière. Le type me lâchait pas. Au contraire. Il avançait plus vite que moi, et l'écart se réduisait au fur et à mesure. Il s'était arrêté de crier. Il avait sans doute peur que quelqu'un l'entende. Il voulait pas de témoin. C'était un combat entre nous deux, en tête à tête. Le duel final.

Ça faisait une drôle d'impression de courir comme ça sous la neige. Je risquais pas d'avoir froid. J'étais en nage. Ma gorge et mes poumons me brûlaient. Tout autour, c'était le silence. Le calme. On aurait dit qu'y avait plus que nous sur la planète. Le Chasseur et moi. J'entendais que le bruit de ma respiration. En fait, je savais plus très bien si c'était la mienne ou la sienne. La dernière fois que je m'étais retourné, il n'était plus qu'à cinq ou six mètres de moi. Et je le sentais qui se rapprochait dans mon dos, qui se rapprochait, qui se rapprochait.

Et soudain, il a bondi. Je l'ai aperçu du coin de l'œil. Il a plongé en avant comme s'il voulait s'envoler. Ses deux mains ont frôlé mes mollets. Juste frôlé. Je l'ai entendu s'écraser dans la poudreuse de tout son poids, en poussant une sorte de grognement. J'ai continué à courir.

J'avais repris un petit peu d'avance, grâce à sa chute. Mais l'autre s'était déjà relevé. Je savais que lui non plus n'abandonnerait jamais.

Heureusement que je connaissais bien l'endroit. C'est grâce à ça que je l'ai repérée. La source. Elle était là, à vingt mètres de moi. J'y étais presque. Ça m'a donné un coup de fouet. Ça m'a donné le courage et la force d'accélérer une dernière fois. J'ai sauté sur le gros rocher plat. Je suis allé jusqu'au bord, jusqu'à la limite, et là je me suis arrêté. Puis je me suis retourné.

Ça a dû le surprendre. Lui aussi a stoppé net, au bas du rocher. On est restés un moment comme ça à se fixer, sans bouger. Avec juste le rideau de neige entre nous.

Le type était essoufflé. Sa poitrine et ses épaules se soulevaient. Sa figure était toute rouge. Il crachait de la fumée grise par la bouche. Il avait qu'un seul œil ouvert, pas plus large qu'une fente, mais ça l'empêchait pas d'avoir son regard mauvais. Son regard de serpent. Son regard de tueur.

Il souriait plus du tout.

– T'es mort ! il a soufflé tout à coup.

Puis il a sauté sur le rocher.

Je l'ai vu se rapprocher à toute vitesse. Comme s'il grandissait devant moi. J'ai attendu le dernier moment. Puis je me suis jeté en boule contre ses jambes.

Il s'attendait pas à ça. Je me suis pris son genou dans les côtes, et le choc m'a coupé le souffle. J'ai roulé sur le dos. Lui, il a perdu l'équilibre. Il est passé par-dessus moi. Il a plongé en avant et son crâne a frappé contre le bord du rocher. Mais il était emporté par son élan, il a continué sa course et disparu dans le vide. J'ai entendu le craquement de la glace et un grand plouf dans l'eau de la source. Et puis, plus rien.

Il a même pas crié. Ou alors c'est que j'entendais plus, à cause du sifflement qui a soudain recommencé dans ma tête.

Quand je me suis relevé et que je suis reparti, ça sifflait toujours. Ça a sifflé longtemps, longtemps.

10

Il a neigé toute la semaine, presque sans arrêt. Et puis ce matin, en ouvrant les volets, j'ai vu qu'il allait faire beau. « Tant mieux ! » j'ai pensé. Il restait quelques étoiles dans le ciel, toutes propres et brillantes. Il était six heures dix. La température était pile sur le zéro.

J'ai vu autre chose, aussi. Juste au moment de refermer la fenêtre. C'était là-bas, en direction du village. Des drôles de lumières, orange, bleues, ça tournoyait, on aurait dit des rayons laser. En vrai, c'étaient des gyrophares. Je me suis demandé ce qui se passait, mais j'ai pas trop cherché à comprendre. Il faisait froid. Je me suis remis dans le lit et j'ai écouté les bruits.

C'est un peu plus tard que j'ai appris. Dans le car. Grâce à Léon, le chauffeur. Souvent, je fais le trajet debout à côté de lui. On discute. Je l'aime bien, Léon. Il est gentil. En plus, il rigole tout le temps. C'est lui qui m'a expliqué. Y avait deux voitures de la gendarmerie sur la place de la mairie et une espèce de grosse dépanneuse. Les gyrophares tournaient encore.

– C'est quoi, ce trafic? j'ai demandé.

– Oh! a fait Léon, font tout un pataquès depuis six heures ce matin! Tout ça parce que le père Murat a trouvé une voiture accidentée, au col.

– Ah bon?

– Ouais. Figure-toi qu'il était parti pour commencer à déblayer la route, avec son chasse-neige, et puis il a vu un truc qui brillait dans le ravin. C'était un bout de pare-choc. Le reste de la bagnole était à moitié enfoui sous la neige. Alors, il a prévenu les gendarmes... Sont descendus voir, mais y avait personne à l'intérieur. Vide. Y avait que du sang.

– Du sang?

– Ouais. Sur le volant et sur le siège. C'est mon beau-frère qui m'a raconté ça. Tu sais qu'il est à la gendarmerie, lui... Du coup, ils ont fait des recherches, avec l'ordinateur et tous leurs bidules, et devine ce qu'ils ont trouvé?

– Je sais pas.

– Eh ben, ils se sont aperçus que la voiture avait servi à un braquage, pas plus tard que la semaine dernière! T'imagines? Paraît que le type aurait fait la caisse d'un supermarché, du côté de Lyon. On se demande bien ce qu'il est v'nu foutre par ici! D'autant que le col était fermé... Enfin, bon... Ils ont retrouvé la bagnole, mais pas le bonhomme. Alors, ils ont décidé de fouiller les alentours, pour voir si des fois le gars serait pas mort et enterré sous la neige... Hé! hé! vu c'qu'il est tombé, je leur souhaite bon courage! À mon avis, ils trouveront rien avant que ça fonde, au printemps!

Au retour, après l'école, on en a un peu reparlé. Léon m'a confirmé que les gendarmes avaient réussi à dégager la voiture, mais toujours aucune trace du conducteur.

– Si ça se trouve, il a dit, avec tout le pognon qu'il s'est empoché, le gars il est déjà en train de se dorer la pilule au soleil, à l'heure qu'il est! Peinard sur son île, tu vois?

Ça le faisait marrer, Léon, cette histoire. Moi aussi j'ai souri.

– Ouais! j'ai dit. Je vois.

Quand je suis rentré à la maison, il faisait nuit. J'ai pas fait de bruit. La vieille ne m'a pas entendu. Elle était assise dans son fauteuil. Elle s'était même pas rendu compte qu'il faisait noir. Elle avait l'album de photos posé sur ses genoux. Elle n'arrête pas de le regarder depuis l'autre jour. Qu'est-ce qu'elle pouvait bien y voir, comme ça, sans lumière? Je l'ai observée un moment. Je me suis demandé ce qui se passerait si un jour je revenais pas. Combien de temps elle resterait là, sans bouger, dans le noir. Peut-être tout l'hiver.

Faudrait que je me fasse prendre en photo. Y a un Photomaton en ville, au supermarché. Comme ça je pourrais mettre ma photo dans l'album, avec les autres. Ça fait plusieurs fois que j'y pense. Je l'ai pas encore fait.

Finalement, j'ai allumé la lumière. La vieille a cligné des yeux. Elle a tourné la tête vers moi.

– Alors? elle a dit. Tu l'as vu? Où c'est qu'il est?

Ça non plus, elle arrête pas depuis la semaine dernière. Tous les soirs, quand je rentre, c'est la même question.

J'ai pas répondu tout de suite. J'ai marché jusqu'à la fenêtre. J'ai fait semblant de regarder dehors. Y avait rien. Personne. Juste la neige qui commençait à fondre.

J'ai dit :

– T'inquiète pas, mamie. Il va venir. Il va venir...

L'auteur

Marcus Malte est né à La Seyne-sur-Mer et il y est resté. Devant la mer.

Depuis 1996, il a publié une vingtaine de romans, recueils de nouvelles et albums, aussi bien pour la jeunesse que pour les adultes.

Du même auteur

Pour la jeunesse

Aux éditions Syros :

Mon vaisseau te mènera jeudi sur un nuage, coll. « Tempo », 2011

Ô corbeau, album, 2010

Scarrels, hors-série, 2008, 2010

Le Chat Machin, album, 2007

L'Échelle de Glasgow, coll. « Tempo+ », 2007

Le Chapeau, album, 2006

Chez d'autres éditeurs :

De poussière et de sang, Pocket Jeunesse, 2007, 2011

Cent jours avec Antoine et Toine, Le Seuil Jeunesse, 2000

Sous ma couverture, Pocket Jeunesse, 2001

Pour les adultes

Les Harmoniques, Gallimard, « Série noire », 2011

Toute la nuit devant nous, Zulma, 2008

Poser ma besace à Besac, Aréopage, 2008

Garden of love, Zulma, 2007, Gallimard, « Folio Policier », 2010

Intérieur nord, Zulma, 2005

Plage des Sablettes, souvenirs d'épaves, Autrement, 2005

La Part des chiens, Zulma, 2003, Gallimard, « Folio Policier », 2008

Mon frère est parti ce matin..., Zulma, 2003

Et tous les autres crèveront, Zulma, 2001

Le Vrai Con maltais, Baleine/Le Poulpe, 1999

Carnage, constellation, Fleuve Noir, 1998, Gallimard, « Folio Policier », 2008

Le Lac des singes, Fleuve Noir, 1997, Gallimard, « Folio Policier », 2009

Le Doigt d'Horace, Fleuve Noir, 1996, Gallimard, « Folio Policier », 2009

Dans la collection

Souris noire

En noir et or
Claudine Aubrun

La Disparue de la 6e B
Stéphanie Benson

L'Inconnue dans la maison
Stéphanie Benson

Qui m'aime me suive
Marie-Claire Boucault

Le Mystère de la tombe Gaylard
Marie-Claire Boucault

La Grotte de l'aviateur
Philippe Carrese

Le Vol de la momie
Philippe Carrese

Le Scénario de la mort
Philippe Carrese

La Malédiction de l'enclume
Philippe Carrese

Le Jardin des délices
Philippe Carrese

Le Point de rupture
Philippe Carrese

Le Fantôme de la bastide
Philippe Carrese

Les Gothiques du Père-Lachaise
Serguei Dounovetz

Le Marabout de Barbès
Serguei Dounovetz

Nuit d'angoisse à l'île aux Oiseaux
Jeanne Faivre d'Arcier

L'Assassin de papa
Malika Ferdjoukh

L'Afrikaner de Gordon's Bay
Caryl Férey

Alice au Maroc
Caryl Férey

La Dernière Danse des Maoris
Caryl Férey

Une incroyable histoire
William Irish
(sélectionné par le ministère de l'Éducation nationale)

Un cri dans la forêt
Marin Ledun

Benjamin fils de flic
Les trois premières enquêtes
Michel Leydier
(hors-série)

Duel au sommet
Michel Leydier

Super mytho !
Michel Leydier

Il va venir
Marcus Malte

Aladdin et le crime de la bibliothèque
Marie et Joseph

Les Aventures de Cornin Bouchon
Marie et Joseph

Le Roi des menteurs
Patrick Mosconi

Wiggins et le perroquet muet
Béatrice Nicodème
(sélectionné par le ministère de l'Éducation nationale)

Wiggins et la ligne chocolat
Béatrice Nicodème

Wiggins et Sherlock contre Napoléon
Béatrice Nicodème

Un trésor d'embrouilles
Jean-Paul Nozière

5 fois noir
Jean-Hugues Oppel
(hors-série)

Dans le grand bain
Jean-Hugues Oppel

Ippon
Jean-Hugues Oppel

L'Affaire Jules Bathias
Patrick Pécherot

Le Voyage de Phil
Patrick Pécherot

Il y a quelqu'un dans la maison
Serge Quadruppani

Tonton tué
Serge Quadruppani

Une affaire d'adultes
Thierry Robberecht

La Mémoire kidnappée
Thierry Robberecht

Le Portrait de Leonora
Thierry Robberecht

Les Maisons aux paupières crevées
Christian Roux

Les Bizarres
Valérie Sigward

Le Détective du Palace Hôtel
Romain Slocombe

Le Faux Détective
Romain Slocombe

Les Trois Coups de minuit
Danielle Thiéry

Loi n° 49 956 du 16 juillet 1949
sur les publications destinées à la jeunesse

Mise en pages : DV Arts Graphiques à La Rochelle
N° d'éditeur : 10203372 – Dépôt légal : janvier 2012

Imprimé en France en février 2014
par La Nouvelle Imprimerie Laballery – 58500 Clamecy
N° d'impression : 312243